미아의 마음만이 나를 바래다 주었다

시·사진 박유하

미아의 마음만이 나를 바래다 주었다

박유하

시인의 말

요즘 자주 할 일을 망각한다.
나이와 전화번호도 불현듯 기억나지 않는다.

그런데 한 번도 이름을 지어 준 적 없는 마음이
문득, 의도치 않게 떠오르곤 한다.

'넌 누구니?'
다정하게 물어보아도 마음은 등밖에 보여 주지 않는다.

이 책은 기억나지만, 도저히 기억할 수 없는 마음에 대한 소묘다.
희미하게나마 그러한 마음을 그리는 작업이 내내 설렜다.

2023년 8월
박유하

차례

11 시인

15 벚꽃 사이

19 막차

25 동심

29 번식력

33 친밀감

37 과로

41 전쟁

45 등산

49 대화

53 고양이

57 이물감

63 해방감

121 신이 접어낸 자국

125 철봉의 무중력

129 이팝나무

133 과호흡증

137 바람은 수천 개의 구멍으로

143 이루어져 있다

147 몸통

151 하얀 종이

155 지린내

159 이 센티미터만큼

163 스킨십

167 밤의 고속도로

출렁이는 베개

67 방생

71 발아의 과정

75 얼굴들

79 졸음운전

83 태생의 감각

87 점

91 연인

95 우정

101 연인 2

105 해방

109 휴식

113 여름과 가을 사이

117 독거

171 시작(詩作)

175 주전자의 농담

179 찬란한 나무

183 여름을 향한 이음줄

199 늦여름

201 폭발

203 예감

205 함정

207 해몽

209 이방인

211 백지증(白紙症)

시
인

시인

전에 본 구름이 다시 나타났다

나는 한순간을 배회하고 있었던 것이다

이곳을 벗어나기 위해 빠르게 걸을수록
두 발이 풍선처럼 부풀어 올랐다

나는 두 발에 매달린 채 머리를 아래에 두고 점점 떠올랐다

사람들이 나를 땅으로 내려놓기 위해
끙끙 애를 쓰며 머리를 잡아당겼다

나는 마침내 태어나고 있었다

내가 겪었던 과거를 미래처럼 맞이하며 현재를 살 때가 있다.
이런 감응을 데자뷔라고 일컫기도 한다.

매번 한 인생을 어루만지는 내가 있다고 가정하면
나는 그 인생을 분명 지독하게 사랑하고 있는 것이다.

가끔 인생을 빨리 지나칠 수 있는 것처럼 고속의 드라이브를
즐긴다.
그렇게 달리다 보면 인생 전체가 기억나지 않는 기억이 되다가
마침내 길을 잃은 내가 붕 떠서 사라질 것 같은 상승감이 도래
한다.

'아, 나는 정말 한 생애를 맴돌고 있었구나.'

그때마저도 중력은 나를 포기하지 않고 끝없이 나를 잡아당긴다.

그럼에도 살아 내라고. 중력으로 쓰는 시가 있다.

벚
꽃

사
이

벚꽃 사이

벚꽃 잎들이 우수수 떨어졌다
나뭇가지 사이로 빛이 드러났다, 서서히

그 빛은 나를 응시하며 어느 한구석을 증명했다
그러한 구석은 밝아지지도 어둡지도 않으며 맨들맨들하다

그때 새 한 마리가 날아와서 그 구석을 콕, 콕, 부리로 쪼았다
구석이 터질 것 같았다

한 번도 태어난 적 없이 구석은 잔뜩 알을 배고 있었다
나는 새를 쫓아내다가 균형을 잃고
나뭇가지 사이로 쏟아지는 빛을 어지럽게 받아 냈다

어디선가 구석의 알이 쏟아지고 있다는 듯이
나는 어둡지도 밝지도 않은 빛 속에 놓여 있었다

임신했을 때 태아가 점점 무거워지는 감각이 신비로웠다.

내 안에 타자가 자라나고 있었다.

태아는 발로 나의 배를 차기도 하고 꿈틀거리며 자세를 바꾸기도 했다.

태아가 앓는 딸꾹질을 같이 느끼면서

한 몸에 있는 두 개의 심장이 경이로웠다.

태아의 얼굴을 마주 보고 싶었지만

내 안에 있는 타자를 보는 일은 불가능하다.

그래서일까. 나는 수많은 타자를 안고 있어도 그것의 얼굴을 모른다.

타자는 내 안에 숨어 숨바꼭질 놀이를 즐기고 있다는 듯이

불쑥, 몸짓으로 드러나는 것이다.

'그건 누구였을까'

나는 어둡지도 밝지도 않아서

타자는 보일 듯 보이지 않는다.

타자는 내가 균형을 잃을 때 명확해지곤 한다.

막
차

막차

저 멀리 빛이 보였다

막차가 들어온다는 기쁨에 우리는 환호했지만
어둠 속 희미하게 보이는 차체에는 모종의 날개가 붙어 있었다

이윽고 문이 열렸다 우리는 선택의 여지가 없었다

"혹시 너도 날개를 봤니?"
"아무리 어두워도 날개는 아닌 것 같아. 창문 밖을 보라구"
나는 창문 밖을 보았지만 까만 풍경 때문에 도리어 우리의
경직된 얼굴이 비치어 보였다

비포장도로를 달리는 듯이 버스가 심하게 흔들렸다
차체가 경사지고 있었고 우리는 붕 떠오르는 기분을 느꼈다
"가파른 길을 올라가는 거겠지?"

창문을 들여다볼수록 우리는 자신의 흔들리는 얼굴을 가깝게

바라보았고

우리에게는 균형감이 필요했다

"막차였고 우리는 최선을 다했어"

버스가 눈이 부시게 최대한 빛을 밝혔다

빛으로 지워질 것 같은 우리는 눈을 감았다

어둠을 지켜야 살아남을 것 같은 기분이 들었다

이게 마지막이겠지, 하는 일을 맞이할 때면
땅을 딛고 있어도 인생 한가운데를 날아다니고 있는 기분이 든다.
먼지 같은 나의 무게감을 다시 한 번 자각하는 순간이랄까.

살면 살수록 왜 자꾸 삶이 흩어지는지 모르겠다.
흩어지고 흩어지다 보면 그 안에서 무엇이 보일 듯 결국 보이지 않는다.

그래서 매번 마지막을 맞는 것일지 모른다.
아이가 귓속말로 '엄마, 마지막이라는 말은 내가 하지 말랬지'
라고 따끔하게 주장한 적이 있다. 아이는 마지막이라는 단어가
아픈 단어라고 한다.

그렇지. 아픈 단어인 건 맞는데 설레는 단어이기도 해.
아무렇지도 않게 탄 버스가 알고 보니 막차였다면 얼마나 그
순간 다행이라고 생각할지 아니.
때론 마지막을 쟁취한다는 건 엄청난 행운이야. 내가 바라는
행운이 아닐 수 있지만 말이야.

이 모든 말은 비밀에 부치기로 하고

note

그 대신 나는 아이를 비행기처럼 높이, 높이 안고 놀아 주었다.

"이제 하도 커서 이번이 마지막 비행기 놀이가 되겠구나."

동
심

동심

길섶에서 바스락거리는 소리가 들렸다
그곳으로 들어가 보니 아무것도 보이지 않았다

마저 길을 가는데 다시 길섶에서 바스락거리는 소리가 들렸다
소리를 추적하며 길섶을 걸으니 나의 흉부에 도착해 있다

왜 길섶에서 나의 흉부를 듣고 있는 것일까

나는 바스락거리는 소리를 따라 낙엽을 밟으며 뛰었다
흉부에 사는 작은 동물과 빙의되었다는 듯이

오랜만에 내 마음대로 사는 기분이 들었다

낙엽을 밟고 지나가면 부스럭, 부스럭, 맛있는 소리가 들린다.
귀가 달콤해져서 일부러 걷기를 멈추지 않은 적이 있다.

걷다 보면 한 번도 발견하지 못했을 법한 소리를 듣기도 한다.
낙엽이 숨겨 둔 이야기들을 번역하기 위해서는
온통 흥부가 낙엽으로 가득 찬다.

나는 계속 걸었다, 아니 호흡했다.
아니 달렸던가.

그러다가 어릴 적 꾸었던 꿈 같은 나를 발견했다.
그러한 날에는 꾸밈없이 웃을 수 있는 순간을 맞이하기도 한다.

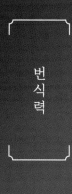

번
식
력

번식력

우리는 오래 갇혀 있었다
그러던 중 이곳으로 모종의 동물이 날아들었다

우리는 날아든 동물을 보며 흥분했다
"어디서 왔든 문은 분명히 있어"

동물은 여기저기 벽에 머리를 부딪치며
우리와 같이 자신이 들어온 문을 찾아다녔다

자신이 이곳에 날아든 일이 기억나지 않을 때까지

우리는 망각으로 번식했다
문을 찾는 눈만 남아서 어둠을 흉내 냈다

당신은 늘 모종의 눈빛으로만 당신이었다.

나는 그러한 당신을 아주 오랫동안 쫓아다녔지.
　당신을 놓치지 않기 위해서 나는 최대한 어두워질 때까지 명도를 낮추었다

　어느덧 당신이 사라진 날
　나는 나의 어둠을 탓했다. 더욱, 더욱, 어두워지는 방법으로 당신을 미행했던 시간이 방 한 칸 같은 시절을 이룰 때까지

　당신의 눈빛은 겨울생(生)이라고 짐작해 보기도 한다.
　당신이 보이지 않아도 방 한 칸이 되어 버린 시절의 한쪽 구석이 나목을 떠도는 빛처럼 여전히 찬란하고 시리다.

　끝내 당신을 놓친 수많은 나는
　분명 당신이 있을 거라 믿으며 여전히 어두운 방 속을 헤매고 있었다.

친
밀
감

친밀감

버스를 탔는데 의자가 한 개도 놓여 있지 않았다
텅 빈 상자 같은 버스 안에서
어떤 이는 바닥에 앉고 어떤 이는 애인의 손을 꼭 잡았으며
나는 벽에 기대어 서 있었다

버스가 방지턱을 넘으면서 떠올랐다 우리는 뒤죽박죽 섞여서
앉아 있던 이가 서 있고 서 있는 이는 벽에 기댔으며 나는 누
군가의 손을 꽉 잡았다
버스가 평지를 달려도 우리는 자세를 바꾸지 않았다

불현듯 굴속을 지나갔다
이렇게 기다란 굴이 있었나?
우리는 아무래도 버스를 잘못 탔다는 불안감에 휩싸였다
기다란 어둠 속에서 버스는 소화하듯이 우리를 천천히 이동
시켰다
우리는 얼굴과 팔다리가 반복해서 반죽되고 떼어졌다

굴 밖으로 나온 우리는 서로가 누구인지 알아볼 수 없었지만
묘한 친밀감을 느꼈다

note

처음 만난 당신은 오래전 분명 만난 적이 있었던 사람 같았다.
끝없이 낯선 당신 가운데 친숙한 당신이 공존하고 있었다.

전생과 현생이 뒤섞인 이곳에서 어쩌면 당신은 오래전 나였는
지 모른다.

그랬다, 당신의 뻗친 머리칼과 말할 때마다 살짝 위로 올라가
는 눈썹 근육, 특유의 비린 살 냄새가 모두 자궁에서부터 알았던
기억들 같을 때

우리는 어떠한 시간의 굴을 지나온 것일까.

그러한 뒤얽힘 속에서 당신은 눈으로 볼 수 없는 사람이 된다.

과
로

과로

시계가 오후 다섯 시를 알리고 있는데
여전히 햇살이 찬란했다

시계를 의심하는 가운데
오늘은 해가 지지 않을 것이라는 뉴스 속보가 들렸다

대낮 같은 밤에 사람들은 술에 취해 회식 장소를 빠져나오고
잠들기 위해 침대에 누우면서
생활이 부정당하는 기분이 들었다

찬란한 다리를 가진 빛이 신경을 따라 바글바글 기어다니며 알
을 깠다
사람들의 정신이 백지처럼 창백해졌다

잠을 못 자서 휑한 눈 밖으로 수만 마리의 빛이 바글바글 기
어 나왔지만
대낮 같은 밤에는 빛의 행각이 보이지 않았다

사람들이 눈을 뜨고 시들어 가고 있었다

note

머릿속을 떠나지 않는 빛 때문에
나는 온통 창백해지고 있었다.

하루 종일 누워 있어도 삶의 과로가 적군처럼 쳐들어왔다.
아무것도 하지 않는 나는 어느 시공간에서 그리 바쁘게 살고
있는 것일까.

수많은 내가 다양한 우주의 선을 따라 살아가고 있는 가운데
이 우주에 있는 나만 인지하는 감각도 능력이라면 능력일 것
이다.

세상은 공평하므로
이곳에 있는 내가 노동도 없이 앓고 있는 건
저곳에 있는 내가 노동을 하며 환하기 때문이다.

수많은 나를 잇는 빛이 느껴지는 순간이 있다.
빛의 언어를 번역할 수 없어도
당신인 내가 이곳의 나와 중첩되는 순간은 일식보다 숨 가쁘다.

전
쟁

전쟁

행주를 삶는 냄새가 집 안 곳곳을 점령했지만
어디에도 행주를 삶고 있지 않았다

행주를 삶는 냄새는 급기야 나의 체취까지 침입했다

나는 마침내 몰락되었다

나는 거대한 행주가 되어 출근을 하고
어딘가를 잘 닦지 않은 기분으로 귀가했다

바짝 말라 버린 살 전체가 수천 마리 모기의 침처럼 해체되었다
허공에 침을 꽂고 수분을 빨아 먹는 나를
바글바글한 다리들이 이리저리 옮기고 있었다

note

나는 본격적인 전쟁을 치르기 전부터 폐허로 발견되곤 하였다.

거의 지워진 몸을 이끌고 길을 걸으면
타자의 다리가 나를 옮기는 기분이 든다.

더 이상 다리는 나의 의지를 따라 움직이지 않는다.
다만 돌부리에 걸려 넘어지든 운명적인 사랑을 발견하든
잠시 다리가 멈출 수 있는 우연을 통해서만 내가 나를 되찾는
순간이 있다.

찬란한 빛과 바람에 나부끼는 초록 잎들이
타자와 내가 공존하는 몸을 지휘할 때

눈이 감긴다. 모든 일은 눈을 떠서 시작된 일이라는 듯이.

잘 삶긴 행주를 보며 안개 같은 처음을 다짐했다.
나도, 타자도 아닌 누군가로 새로 태어나
달콤하고 바삭한 바게트를 먹으며 커피를 마시는 예감이 이곳
을 잘 닦아 준 적이 있다.

등
산

등산

구름이 서서히 머리에 닿을 만치 내려앉았다
이토록 구름과 몸이 닿아 본 적이 없었다

이제 나는 어디까지가 구름이고 나인지 분간이 가질 않았다
비가 내리면서 나는 소모되고 있었다

나에게 젖은 산이 푸른 풀 냄새를 내뿜었다

비가 그친 후 나는 소멸되었지만
구름과 산이 나의 호흡을 따라 느릿느릿 이동하고 있었다

note

구름이 지나가는 속도는 어쩐지 위로가 된다.
과묵하지만 꾸준히 이동하는 구름은 의지가 아닌 순리대로 간다.

신의 양 떼처럼 하늘을 거니는 구름들 속에 있었던 적이 있다.
거대한 산이라 산 중턱에만 이르러도 그러한 구름들이 나의
키 높이와 같이 흘렀다.

결국 이곳에 도착했구나, 내 의지와 관련 없이.
순리적으로 나는 구름들과 천천히 이동했다.

보슬비가 내릴수록 구름과 나는 소모되었지만
산은 더욱 푸르러졌다.

이 모든 연속으로 우주가 잠시 비치는 듯했다.

대
화

대화

말을 이어 나갈수록 벽이 높아졌다
우리는 벽 때문에 서로를 볼 수 없었다

나는 벽을 타고 올랐다
벽 너머에 네가 보이지 않았다

벽 위에서 떨던 내가 엉엉 울기 시작했다
벽은 녹아 흐르면서 낮아지고 있었다

나는 나도 모르는 마음 앞에서 어느덧 울음을 그쳤다

여전히 남아 있는 벽에 귀를 대면 두근두근 소리가 났다
벽을 쓰다듬으면 잠시 꼬리가 보이기도 했다

나와 같은 생각을 하는 사람과 말을 주고받으면 수다가 되고
나와 다른 생각을 하는 사람과 말을 주고받으면 대화가 된다
고 한다.

그래서일까. 대화를 하다 보면 길을 자주 잃고
나와 말을 주고받던 당신까지 보이지 않는다.
어쩌면 당신을 마주치고 싶지 않은 마음의 환영일 수 있겠지만.

그러고 보면 나는 참 독단적이다. 타자에게 잘 웃어 주고 잘 들
어 주는 액션을 취하는 연기자다.

그럼에도 나는 타자와 나 사이에 느껴지는 벽이 그리 싫지 않다.
이 벽에 기대어 숨기도 하고 이 벽에 마음을 의지하기도 한다.

어느 날 엉엉 울어도 사라지지 않는 벽의 마음을 확인한 후에야
이 벽이 나의 것이 될 수 없음을 알았다.

나는 벽을 애완처럼 키운다.
타자와 대화하면서, 나를 알아내지 못하면서
자라난 벽은 든든하고 의뭉스럽다.

고양이

고양이

당신은 흥얼흥얼 노래를 부르기 시작했다
노래는 엿가락처럼 늘어져 무슨 의미인지 알 수 없었다
그것은 살아온 인생에 대한 한탄 같기도 하고 신에게 읍소하
는 것 같기도 했다

당신의 노래는 치타처럼 달리다가 거북이처럼 엉금엉금 걸었다
나는 적응하기 힘든 리듬을 따라 엇박자처럼 남겨지다가
결국 노래의 꼬리가 되었다

당신이 노래를 부르는 속도에 따라 나는 달랑달랑 흔들리거
나 축 늘어졌다

"꼬리에 힘이 들어갔군"
누가 당신의 노래를 가만가만 쓰다듬는다

갸르릉, 갸르릉, 당신의 노래가 잠잠하게 눕자
나는 침묵이 흩어지지 않도록 바짝 힘을 주었다

나이를 지긋이 드신 할머니가 거리에서 말라 가는 야채를 팔며 노래를 부르고 있었다.

아침에는 싱싱했던 야채들이 시들어 가는 동안 할머니는 높낮이를 익히셨던 모양이다.

나는 할머니가 오르고 내리는 음들을 같이 따라가면서 어깨가 둥글어지기도 하고

등이 뾰족 올라가기도 하면서 고양이가 되어 버렸다.

나이가 들어갈수록 상점 계단에 앉아 있는 일도 엄청난 용기가 필요했지만

고양이가 된 이상, 이상할 일도 아니지.

지나가는 사람들과 눈이 마주치고

자동차 매연을 맡으면서 하품을 하고

아무 일도 일어나지 않는 오후를 견디는 동안

몇몇의 손님이 멈추어 야채를 구경하다가 지나친다.

그래도 여전히 팔리지 않는 야채들이 바짝 힘을 주고 있었다.

이
물
감

이물감

어느 날 일어나 보니 몸 한가운데 구멍이 뻥 뚫려 있었다
구멍을 들여다보았다 끝이 보이지 않았다

'어떻게 나에게 이러한 깊이가 가능하지?'

믿기지 않을수록 구멍을 오래 들여다보다가
그만 나는 귓바퀴처럼 일그러졌다

나는 누가 인기척조차 없는 내 곁을 지나가다 헛디뎌
그만 구멍 속으로 빠질까 걱정되었다

그러던 중에 한 소년이 날아오를 것 같은 몸짓으로 달려오고
있었다
나는 구멍으로 말할 수 있는 방법을 몰랐다

'이곳으로 오지 마'
나는 안간힘을 주어 구멍을 오므렸다

힘이 서서히 빠지고 정신을 차렸을 땐

이미 소년도 구멍도 사라지고

무언가가 몸속을 자꾸 헤매고 있는 기분이 들었다

나는 나와 섞이지 않는 것들이 흩날리는 흔들림을 스노우볼
의 눈처럼 간직하며

겨울인 척하였다

note

글을 평생 써야겠다고 생각한 이유는 이십 대 앓았던 난치병 때문이었다.

며칠 동안 아프다가 반나절 안 아픈 시간을 신께 선물로 받으면 감사를 느끼다가도 눈에 보이는 사람들이 족족 다 부러웠다.

'제가 병이 낫는다면 나머지 인생을 덤으로 생각하고 오직 신의 방향대로 살겠습니다, 타자들을 위해서 살다가 죽겠습니다.'

아픈 시절 신께 드렸던 기도는 나의 포기 각서와 유사했다.

물방울이 바위를 뚫는 듯한 속도처럼 병은 티 나지 않게 사라졌다.
마치 이별을 하듯이 서서히 잊힌 병은 문득 자신을 흔들어
사랑의 맹세와 같은 신과의 서약을 눈처럼 흩날려 보는 것이다.

병은 유리처럼 투명해서 나를 있는 그대로 보여 준다.
간혹 자화상을 보기 위해 나는 병을 흔들어 보기도 한다.
눈 같은 서약뿐만 아니라 창백한 의지, 얼룩진 얼굴이 흩날릴 때까지

나는 소복소복 내려앉는 동안에만 드러난다.

해
방
감

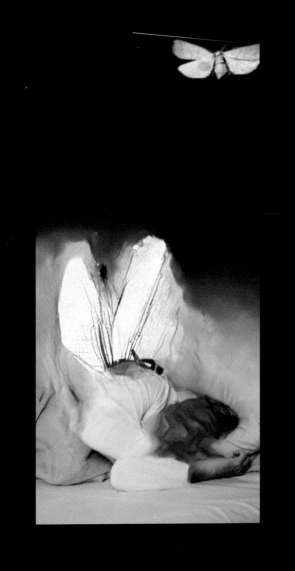

해방감

정체 모를 거대한 날벌레가 등에 내려앉아 바르르 날개를 떨
었다
그 진동이 온몸에 퍼졌다

나는 두 눈을 꾹 감고 이 날벌레가 날아가길 기다릴 수밖에
없었다

오랫동안 진동이 계속되다가 그 아픔 때문에 결국 잠에서 깼다

날벌레가 앉았던 자리가 잔흔처럼 아려 왔다
날벌레가 어디선가 여전히 나를 붙잡고 있는 기분이 들었다

별이 사라지고 나서야 지구에 도착한 별빛처럼
이미 나를 놓아준 날벌레와의 시차 속에서
나는 여전히 날벌레로부터 희미하게 풀려나는 슬로우 모션
의 시간이 좋았다

note

꿈의 내용은 기억나지 않지만 꿈의 감각은 몸에 남아 있던 적이
있다.

거대한 벌레가 바르르 떠는 진동이 등에 남아 있는 동안
현실과 꿈 사이에서의 시간을 보내면서

나는 왠지 모르게 벌레가 등에서 떠나지 않았으면 좋겠다는
마음이 들었다.

그토록 혐오하는 벌레의 감각이 사라지는 것이 아쉬워서
눈을 감고 거의 사라진 꿈의 감각을 되새김질했다.

시간이 엷어지는 느낌은 별과 별이 멀어지는 일 같고
나는 그러한 시차를 연결하는 실낱이 어떠한 가능성처럼 느껴
졌던 모양이다.

멀어져 가는 것들은 그것이 무엇인지와 관련 없이 아련하다.
일종의 어둑해지는 빛처럼

방생

방생

아이는 집 안에 이불을 깔고 자신이 아끼는 인형들을 모아
놓은 공간을 집이라고 불렀다
집 안의 집 안에서 아이는 만족해하며 자랑스러워했다

다음 날 거실을 정리하기 위해 아이의 집을 치웠다
아이의 집이 있었던 자리에 여전히 무언가가 앉아 있었다
그것은 온몸을 둥글게 말고 민들레 꽃씨처럼 가벼워 보였다

나는 그 곁에 숨죽이고 가만히 앉아
다시 이불을 깔고 집을 만들어 주었지만
그것을 안으로 들이지 못했다

미지의 생들이 이곳을 겉돌며 헤매었다
우주 간의 격차가 회복되지 않기를 바라듯이 그들은 등을 쓰
다듬어 줄 살을 나에게 들키지 않는다

투명한 흔적을 믿어 주는 마음이 좋다.

베란다에 오래 놓여 있었던 죽은 화분이나 딸이 만들었던 보금자리는
지금은 이곳에 없는 형태로, 여전히 이곳에 있다.

투명한 흔적은 '믿음'으로 구원된다.
믿음이 없다면 그것은 발견되는 동시에 차갑게 식어 버리기
때문이다.

믿음은 뜨겁지 않지만 오래 바라볼 수 있는 마음이다. 투명한
흔적은 뜨거운 마음보다 '오래 바라보는 마음'으로 살아난다.

살을 지니지 않고서도
투명하게 발견되는 생은 한곳에 거주하지 않는다.

바람처럼 언제 불어왔는지 모르게
그것들은 다가오는 몸짓으로 사라진다.

발
아
의

과
정

발아의 과정

새싹을 배양하는 공장에 견학을 갔다
"이곳에서 저희는 다섯 가지 색의 새싹을 키우고 있습니다"
사람들은 모여서 감탄을 했고 나는 그 틈을 비집고 들어가기
위해 애를 썼다

"옥상으로 올라가 볼까요"
사람들이 줄줄이 옥상으로 올라가자 서서히 보이는
그곳에는 다섯 가지 색의 새싹 대신 누군가의 이름이 적힌
푯말이 꽂혀 있었다

옥상에 도착하자 찬란한 햇빛 아래 아무도 없다
다들 어디로 간 것일까

황급히 아래로 내려와 보니 다섯 가지 색의 새싹이 피어나 있다
이 모든 일이 다섯 가지 색의 새싹이 피어나기 위한 과정이
었던 것처럼

어릴 적에는 현실과 꿈이 구분되고, 그러한 구분이 당연한 건
줄 알았는데
요즘은 그게 잘 안 된다.

더는 열심히 살 수 없겠지, 할 정도로 최선을 다해 본 시절이 있다.
이상하게 그러한 시절은 지금 다시 생각해도 꿈같다.

최선을 다한 시절이 지나면, 정말 그게 꿈이었는지도 모를 만큼
무언가 증발한 나와 만나곤 한다.

연극이 끝나고도 여전히 열기가 떠도는 빈 무대처럼
남아 있는 현실에서 나는 다시 최선을 다할 무언가를 찾아야
만 한다.

현실을 태울 만한 최선과 그렇게 도달한 꿈은
느닷없이 개화한 꽃과 같은 감응을 나에게 주고 간다.

그러한 감응들은 오색찬란해서 나는 그것을 식물처럼 마음에
심어 두고
기적처럼 들여다보곤 하는 것이다.

얼굴들

얼굴들

장시간 고속도로를 달리는 내내
귀뚜라미 울음같이 작은 소리가 들렸다

아무리 귀를 후비어도 작은 소리는 더 작은 소리로 귓속을
통과해 온몸을 돌아다녔다
이것들의 번식을 막지 않으면 나는 소리의 먹이가 될 것 같았다

나는 휴식터에 잠시 차를 정차했다
어떠한 소리도 들리지 않았지만 적막 가운데 그것은 여전히
있었다

그것은 소리가 아니었던 것이다

소리의 껍질을 벗고 기어다니는 그것들은 바글바글 번식하면서
모종의 덩어리로 드러나고 있었다

자세히 들여다보면 얼굴을 닮았다

note

나는 액체성 물질이다. 하나로 고정되지도, 통일되지도 않는다.

작고 작아서 들리지 않는 소리까지 내 몸속으로 들어와
알을 까고 번식한다.

새벽에 그러한 소리들을 들어내느라 잠을 못 잔 적이 있다.
그 소리에 대해 말하면 다른 이들은 "환각이야"라고 일침을
가한다.

나는 유일하게 그 소리를 믿어 주는 사람과 만나 결혼했다.
요즘은 숨도 잘 쉬고, 잠도 잘 잔다.

그의 품에서는 작고 작은 소리만 남아 살아 있다.
어쩌면 딱 그만큼만 진정 나일지도 모른다는 듯이.

졸음운전

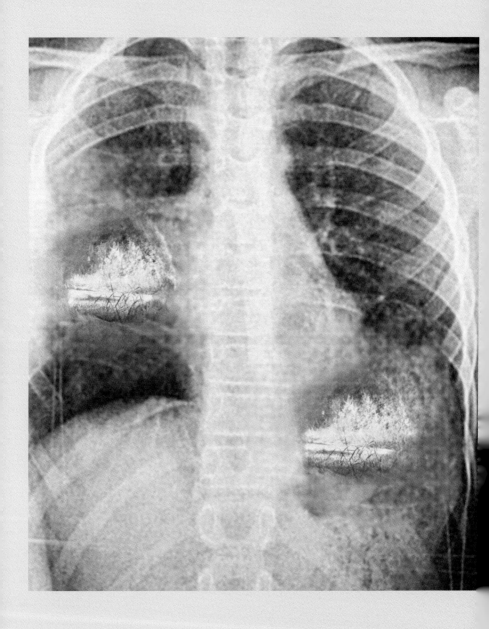

졸음운전

차들이 고속으로 도로를 달리고 있었다
달린다는 사실조차 잊어버릴 때까지 정신없이 달리다가
주변을 보니 차가 전부 사라져 있었다

나는 어떤 섬 주변을 맴맴 돌고 있다는 느낌이 들었다
아까 보았던 나무가 다시 보이자 나는 모종의 확신이 들었고
차를 멈춰 세웠다

어디서부터 잘못 들어선 것일까 주변을 한참 두리번거리다가
도로를 벗어나 풀숲으로 들어섰다
귀가 푸르고 길게 자랐고 다리는 깡총깡총 뛰기 시작했다
입이 비린 풀을 씹어 삼켰다 푸르고 물컹한 덩어리가 식도를
타고 들어왔다
그건 태어난 날의 기억 같았고 온몸이 뜨거워졌다

나는 소리를 내어 나를 더욱 크게 부르짖었다
삼켰던 푸르고 물컹한 덩어리가 온몸으로 빠져나오고

횡, 횡, 지나가는 자동차 소리가 드문드문 들리기 시작했다

어릴 적 같이 웃고 놀았던 친구들은 어디에서 무엇을 하며 살 아가고 있을까.

일주일마다 한 번씩 올까 말까 하는 온전한 휴식을 버리고 친구를 위해 달려간다는 건 각오를 하지 않고서는 힘든 일이다.

그래서일까. 친구를 맺는 일은 환경과 시간에 많은 영향을 받 는다.

주변에 남은 친구들을 보면 자식들 덕에 만난 이웃, 직장 동료 가 대부분이다. 그리고 이러한 일상은 매번 비슷한 하루들을 생 산해 낸다. 맴맴 원형의 하루를 돌듯이.

그러다가 단지 창문을 열었는데 새가 반짝이듯이 지저귀고 햇빛이 찬란했으며 잠시 이곳에서 벗어난 기분이 들었다. 이 러한 탈주는 우연에 의한 것이므로 의도 없이 순수하다.

신은 이처럼 순수하게 나를 이끌어 자연스럽고 따뜻한 마음이 솟아나게 한다.

아마 신도 자신의 의도를 알지 못할 것이다.

태생의 감각

태생의 감각

최초에 나는 공간이었다
무엇을 품을 수 있기보다 아무것도 품을 수 없는
진공 상태의 공간

내가 살아 있는지 확인하기 위해 움직이는 최소한의 생명력은
먼 시간을 건너온 별빛처럼 대낮에 잠깐 빛났다
우주의 시간이 흘러온 것처럼 무한한 대낮

자다가 문득 깨어나면 여전히 자고 있는 의식 속에서
이 공간이 점멸하다가 사라지곤 하는 것이다, 두근, 두근
뛰지 못하고 뛸 것이라는 암시만 주는 이 공간에 집중하는
동안에는

창문에 비치는 앙상한 나무가 바람도 없이 흔들리곤 하였다

이 공간의 떨림을 읽는 나무를 만날 때가 있다
그러한 나무는 실핏줄처럼 섬세하게 나를 탐색하다가 빳빳
하게 굳는다

가만히 앉아 있다. 가만히, 가만히 정적이 되어
이름 없는 공간으로 남아 있을 때까지.

그러한 공간이 되어 갈 무렵에는 새가 나를 횡단하고
바람이 나를 통과한다.

자유는 이러한 갈래로 문득 등장한다. 나를 없는 듯이 대하는
것들과의 무한함.

그러한 나에게 붓을 갖다 대듯이 살짝 우듬지를 내밀며
서 있는 나무는 생존의 떨림을 모두 받아 낸다.

누구의 떨림인지 알 수 없지만
이 떨림은 실핏줄처럼 섬세하게 우리를 잇는다.

점

점

손에 난 점을 보며 아이가 물었다
"엄마, 이게 뭐야?"
"네가 웃을 때마다 반짝이는 것"

아이는 꺄르르 웃으며 좋아하다가 점을 확인한다
"엄마, 반짝이지 않잖아"
"오직 너만 그것을 볼 수 없단다"

너는 시무룩해지고 나는 웃는다
그 순간 내가 웃을 때 반짝이는 점이 나를 보고 있는 것 같다

  아이의 손을 꼭 잡을수록 반짝임이 나를 산란하게 흔들기 시
작한다
  나는 어지러운 반짝임을 점으로 믿어야 했다

내 마음대로 인생이 풀리지 않을 때면 신년 운세나 점을 보러 다녔다.

혹은 내 몸에 불현듯 생겨난 점이 어떤 의미를 지녔는지 궁금해지기도 하는 것이다.

어느 날 손에 점이 하나 생겼다. 점의 의미를 찾아보니 손재주를 의미하는 것이라고 한다.

지금까지 살아오면서 손으로 하는 일 중에 내가 잘한 게 무엇이 있었나 생각해 보았다.

이건 뭐, 먹는 일을 가장 잘한 것 같다는 생각.

실소가 터졌다. 하지만 불안해하기보다 신령스러워 보이는 점에 기대어 살고 싶었다.

앞으로 손으로 하는 일이 잘되면 다 이 점 덕이라고

압핀 꽂듯이 나를 점에 고정해 보면서.

연
인

연인

나는 번식하는 바구니
바구니 다발들이 서로 나라고 우기는 동안
그는 나의 품속으로 파고들었다

어느 한 바구니에 담긴 그가 평온하게 잠이 든다
나는 그의 잠을 조금씩 부어 다른 바구니에 옮긴다
잠시 나를 잠이라고 불러 보고 싶어서
말라비틀어질 만큼의 잠을 공유한 바구니들을 주섬주섬 안
고 눈을 감으면

바구니 속에서 점차 증발하는 잠
그는 곧 내 안에서 사라졌고
나는 잠에서 깬 그의 앞에 놓여 있다

아무것도 받아 내지 못할수록 빈 바구니들이 더욱 번식하고
있었다

사람들과 만나면 만날수록 마음이 비워진다.
그러한 빈 마음은 번식하고 번식하다가 삶 전체를 부정해 버리는 힘으로 자리 잡는다.

서로의 마음을 채워 주는 만남은 극히 드물다.
그러한 사람을 만나면 엄청난 행운일지 모른다.

행운은 극히 드물고, 만남은 넘쳐 나서
나는 피곤으로 빈 마음을 채워 보기도 한다.

피곤으로 출렁이는 나를 쳐다보며
당신은 여전히 말을 이어 나간다.

잠을 자는 내 앞에서도 여전히 말하고 있을 것 같은 당신과 함께.

우
정

우정

너는 횡단보도를 겅중겅중 뛰었다
"하얀 줄을 밟지 않으면 회색 바다에 빠질 것 같아"
"그럼 우리 같이 빠져 보는 건 어때?"

나는 너의 손을 잡고 일부러 회색 줄만 밟으며 걸었다
"이제 하얀 바다에 빠질 것 같아"

"그럼 지느러미를 달자"
"빠질 것 같지만 그곳은 물이 아니야"

자연스럽게 걷기 위한 너의 노력은
횡단보도에 빠져드는 과정에 불과했다

가끔 친절한 사람들이 "옆에 아무도 없는데 누구의 손을 잡
고 있죠?" 물으며
빈손을 잡아 주기도 한다

깊이 빠져든 너로 인해 나는 멀쩡한 척하는 일에 매번 실패
하고 마는 것이다

다섯 살이 되자 딸은 횡단보도의 하얀 줄만 밟고 지나가기 위해 경중경중 뛰었다.

혹은 초록색 보도블록만 밟고 지나가기 위해 걸음이 비틀거렸다.

"얽매이지 말고 자연스럽게 걸어."
"재미있어서"

딸이 느끼는 재미는 무엇일까. 꼭 그래야만 한다는 자신의 법칙에 자신을 옭아매는 일이 재미라면
딸은 오히려 자유롭기 때문이라는 생각이 든다.

어쩌면 자신의 법칙에 절대 순응하지 않는 자신을
잡히지 않는 물고기를 잡듯이 잡아 보는 것일지도 모르지.

어색하게 걷는 모녀지간이 멀쩡해 보일 리는 없지만
각자 비틀거리면서 횡단보도에 빠져드는 일이 재미있었다. 이상하게.

연
인
2

연인 2

네 웃음을 따라 웃다가 조금씩 그림자가 드러났다
보일 듯 말 듯 머리를 내미는 그림자를 낳기 위해
얼굴은 힘을 다해 웃으면서 일그러졌다

그러던 중 그림자가 어느 부분에 탁 걸려 버린 것이다
웃으면 웃을수록 펄럭이는 그림자는 표정을 가만히 놔두질
않았다

"당신의 얼굴을 흔드는 바람이 있어요"
한 여자가 나의 얼굴을 발견했음을 고백했다

그녀는 따뜻한 손으로 나의 얼굴을 잡아 주었다
순식간에 어두워지는 손을 느끼며 우리는 바람이 아닌 그림
자를 공유했다

note

나는 타자의 울음은 잘 따라 하는데
타자의 웃음은 잘 따라 하지 못한다.

당신이 울면 정말 잘 울어 줄 수 있지만
당신이 웃고 있으면 잘 웃어 줄 수 없다.

그래서 나에게 유머 코드가 맞는다는 건 연인이 될 수 있는 가
장 큰 빌미였다.

어떤 모임에서 누가 까르르 웃자 다들 따라 웃었다.
나는 같이 따라 웃을수록 슬퍼졌다.

그때마다 잉태되는 그림자들이 얼굴을 펄럭인다.
얼굴 근육이 자기 마음대로 움직이는 것이다.

나와 같이 웃어 주지 않는 사람이 있으면 든든하다.
웃을 때마다 외로워지는 나의 곁에서 같이 외로워하기 때문이다.

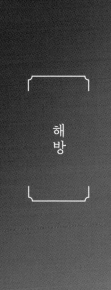

해
방

해방

종이 울리자 길고 엷은 꼬리가 허공을 날아다녔다
나는 꼬리를 잡아 보고 싶었지만 금세 그것은 빛으로 부서지고 말았다

종이 한 번 더 울렸고 다시 꼬리가 종소리를 입고 길게 드러났다
아까와는 다른 꼬리였다

꼬리들은 한꺼번에 살아나서 서로가 서로를 옭아매며 둥우리를 만들기도 했다
자세히 들어 보니 그것은 나의 살을 이루고 있었다

꼬리들로 엮인 나는 함부로 풀어지고 있었다
살이 풀어지는 곳마다 새가 나로부터 날아오르는 기분이 들었다

note

살이 간지러울 때마다 올이 풀리는 기분이다.
신은 천 짜듯이 살을 만들었는지 모른다.

눈에 보이지 않는 올이 풀릴 때마다
살에 갇힌 동물이 하늘로 날아오른다.

그리고 금세 닫히는 살의 문(門)

살은 본능적으로 감금한다.
그 무엇에 대하여 철저하게.

당신은 그러한 나의 살을 풀어헤치고 들어오기도 한다.
겁도 없이.

휴
식

휴식

어디서 날아온 것인지 알 수 없는 흰 깃털을
천천히 기다렸다가 잡아 보았다

깃털은 손끝에서 잔털을 날리며 새를 흉내 낸다
잡힌 새처럼 잔털을 퍼덕이던 깃털은

손끝의 수분을 모두 빨아들이고
소규모의 우기를 참아 내고 있다

일요일 한낮 내내 벤치에 앉아 있으면
이러한 우기들이 몰려와 마음을 대신한다

눈을 감고 가만가만 그러한 마음을 말리면
날개도 없이 증발하는 수많은 깃털들

휴식을 잘 마치고 일어나면 잘 마른 빨래 같은 마음이 뽀송뽀
송하다.
진정한 휴식이란 마음의 기후를 지나 보내는 일인 것처럼.

간헐적으로 마음을 말리지 않으면 축축한 옷을 입고 다니듯이
마음이 무거워진다.

소규모의 우기를 품고 있는 마음을 잘 말려서
깃털처럼 날려 보낸 적이 있다.

아무 마음도 남지 않는 마음이 생겨났다.

여름과 가을 사이

여름과 가을 사이

폐쇄된 공간에 있으면 그곳을 닮아 가는 병을 앓았다

숨이 조여들다가 앞이 깜깜해지는 나를 통해 짐작해 보면
폐쇄된 공간은 말라 죽어 가는 식물일 것이다

그 안에서 나는 푸른빛을 잃지 않기 위해 내가 아는 푸른빛
을 전부 떠올리곤 한다
마지막까지 풀었던 수학 문제나 헤어지기 전날 애인이 사준
드레스, 유일하게 인간을 믿게 해준 너의 마지막 부탁

푸른빛은 난간을 닮았다
여름은 얼마나 위험한 계절인가

문이 열리면 나는 푸른빛으로부터 풀려나 뱅글뱅글 돌다가
붉은 살빛으로 서서히 돌아왔다

나의 여름과 가을 사이는 무척이나 가팔랐다

note

문이 고장이 나서 폐쇄된 곳에 갇혀 있었던 적이 있다.
문이 벽이 될 때, 폐쇄라는 공포를 깨달았다.

문은 바깥이라는 자유를 허락하는 희망이다.
그것이 사라진 공간은 말라 죽는다.

폐쇄 공포를 앓을 때마다 이상하게 푸른빛이 떠오른다.
가파른 푸른빛을 따라 호흡이 경사지면
여름이 얼마나 무서운 계절인지 알게 된다.

문이 열리면 서서히 숨이 트인다.
생명은 끝임없이 바깥으로 향하는 에너지일 것이다.

독거

독거

밤의 창문은 아무것도 보여 주지 않는 대신 바람 소리를 낼
줄 안다
그 소리는 살 곁에 머물러 있어도 열이 전혀 옮겨붙지 않는다

창문을 들을수록 나는 홀로 열대 섬처럼 남아
어떤 음이 되어 갔다

나를 들어 줄 귀도 없이
그 음으로 나아가다 보면

식은땀을 흘릴 때까지
창문은 굳게 닫혀 있다

그녀는 나와 같이 소파에 앉아 침묵을 지켰다.

그녀는 다른 나라에서 왔다.

나는 그녀의 언어를 모르므로 다가갈 수 있는 방법이 눈 맞춤
밖에 없었다.

그러나 유일한 언어 통로인 그녀의 눈빛은 시종일관 겨울이어서

나는 오래 그녀의 눈을 쳐다볼 수 없다.

나의 마음이 전달되기 전에 그녀의 찬 기운이 나를 덮쳐 버렸
기 때문이다.

그녀 옆에 있는 동안 나는 나에게 더욱 뜨거워졌다.

내가 식은땀을 흘릴 때까지

그녀는 굳게 겨울을 지키고 있었다.

신이 접어 낸 자국

신이 접어 낸 자국

빈 강당에 앉아 있으면
사람들의 흔적이 살아나는 순간이 있다

신이 이곳을 반으로 접어 낸 자국이 드러나는 것이다

접힌 곳을 펴면 신의 의지를 거역하듯이
점차 이곳이 뭉개지고 출렁거린다

한꺼번에 몰려오는 현기증의 속도로
신은 눈 깜짝할 사이에 나를 새롭게 접어 내기도 했다

그런 날은 내가 강당에 앉아 있는 일이
타자의 흔적 같다

note

나는 종이 접듯이 신이 접어 낸 육체다.

신이 나를 접었다가 편 것처럼 관절은 과거와 현재를 동시에
안고 있다.

신은 나를 둘러싼 세계도 접었다가 펴기도 한다.

빈 강당에서 들려오는 아우성이나 꺼져 있는 핸드폰의 진동
소리는

신이 이곳을 접었다가 펴낸 자국이다.

나는 신이 접다가 만 세계에 자주 놓여서는

'이것은 무엇이 되고 있는 것일까'

질문하며 골똘해지곤 한다.

신도 자신이 접었던 세계를 깨끗이 펴진 못한다.

그 흔적을 추적하는 일이 사명이라는 듯이

목숨을 다해 신의 의도를 해석하는 자들을 시인이라고 부르는
지도 모른다.

철
봉
의 　 무
　 중
　 력

철봉의 무중력

철봉을 잡고 중력을 끙끙 앓으면
나는 서서히 타버리고

달랑 남은 두 손만 철봉을 잡고 있다

이제 두 손은 철봉에 매달리는 것이 아니라
철봉에 붙어 있는 꼴이 된다

기어가던 두 손이 멀리서 나를 바라본다

나는 두 손도 없이 철봉에 매달린 채
그들의 안녕을 기도했다

note

오래 참는 건 반에서 가장 잘했다.
오래 달리기, 오래 매달리기.

'오래' 앓으면 나는 서서히 타버리고
오래 달리는 다리만 남거나, 오래 매달리는 손만 남는다.

그럴 때 훅 들어오는 무중력이 있다.
마치 우주 한가운데 있는 것처럼

다리나 손은 나를 떠나 열심히 살아간다.

나는 그것의 안녕을 기도했다.

이
팝
나
무

이팝나무

바람에 휘날리는 이팝나무는 거대한 새처럼 보이지만
아무리 찾아보아도 새의 얼굴은 보이지 않는다

날갯짓만 살아 있는 이 거대한 동물은
전신이 휘날려서 이팝나무는 중심이 없다

그리하여 이팝나무는 난다
뿌리를 달고 지워지는 방법으로
이팝나무는 온몸으로 휠휠 이주하다가 스스로 상공이 되어 간다

거대한 몸집을 가진 그가 몸을 기울이면
그로부터 드리운 그림자가 그곳의 중심을 흔들었다.

그의 그림자를 보면 영락없이 잎과 꽃이 풍성한 이팝나무였다.

그의 그림자는 상공으로 훨훨 날아오를 것만 같다가도
따스하고 어두운 밤하늘이었다.

불현듯 새가 그의 그림자에서 날아오르듯이 횡단하기도 하였다.

그는 정말이지 내가 본 사람 중에 가장 매력적인 그림자를 가
지고 있었다.

과
호
흡
증

과호흡증

숨을 쉬어도 답답했다

유리창에 달라붙는 입김처럼
숨은 도달하지 못한 채 어딘가에 어리다가 사라져 갔다

숨을 끌어당겨 보았지만 아무것도 끌려오지 않았다

어느덧 한 번도 보지 못한 푸른 반점이 올라왔다
'상해 가고 있구나'

나는 푸른 반점이 짙푸르러지는 늦여름의 느린 시간을 보내며
잘린 꼬리처럼 발견되었다

나를 자르고 달리는 몸통이 저 멀리 도망가고 있었다

과호흡증으로 고생한 적이 있다.

아무리 숨을 쉬어도 답답하자

나는 숨으로 봉분을 쌓으면서 푸르게 상해 가는 살을 느꼈다.

그럼에도 여전히 나는 살아 있었다.

푸르게 상해 가는 나를 매번 잘라 내면서

여름이 지나가고 또 여름이 지나갔다.

나는 매번 여름을 실패해서 여름밖에 될 수 없었다.

여름을 성공하면

나는 푸르게 상해 가다가 분해되어 사라지겠지.

여름의 끝은 왠지 투명한 숨을 닮았을 것 같다는 생각.

바람은 수천 개의 구멍으로 이루어져 있다

바람은 수천 개의 구멍으로 이루어져 있다

바람이 불면 수천 개의 구멍이 들린다
아무 소리도 나지 않는 구멍들이 이어져서 텅 빈 내부가 되
어 가는 소리

바람이 멈추면 구멍들은 흩어져서
사라진 척 잠잠해진다

그러다가 구멍들이 슬금슬금 대이동을 할 때가 있다
깊이 스며들듯이

바람을 안으로 들이는 철에는
벽 속을 나는 새 떼들이 있다

나는 사방의 벽에 갇혀 그러한 새 떼들을 호흡하며
더욱 깊숙한 구멍이 되는 놀이를 즐겼다

바람은 목청이 없는 수천 개의 구멍이 내는 소리를 닮았다.
아무 소리도 나지 않는 소리가 수천 가닥 모이면 아마 바람일 것이다.

머릿결처럼 흘러가는 소리를 출렁이며
바람은 귓속말같이 스며든다.

수천 개의 구멍은 하나의 거대한 구멍이 되어 닥치는 대로 사물들을 잡아먹기도 한다.
잡아먹은 사물을 다시 그대로 흘려보내는 바람의 소화는 스킨십을 닮았다.

그러한 바람의 생태가 신기해서 현미경을 보듯이 바람을 자세히 들여다보기도 한다.
구멍은 번식하다가 서로를 잡아먹고 뱉어 내며 다른 구멍으로 이어진다.

바람이 부는 공간에 앉아 있으면 휑한 기분이 든다.
수천 개의 구멍이 하나의 거대한 구멍이 되어 나를 삼키기 때문이다.

그러한 공간에 있으면 나도 구멍이 되어야 살아남는다.

몸
통

몸통

버스에 탄 승객들이 뒤집힌 애벌레 다리처럼 제각기 흔들렸다
승객들은 이곳을 전복시킬 본능이 있다는 듯이 우글거린다

"몸통을 일으키자, 몸통을 일으키자"

왼쪽 다리들이 상승하고
오른쪽 다리들이 주저앉으면서
몸통이 일으켜 세워지고 나서야 버스는 드디어 정차한다

다리들은 제각기 흩어지고 몸통만 덩그러니 버스에 남아 있다

몸통은 구름처럼 서서히 이동한다
사람들이 우글거리는 곳으로

note

횡단보도 하나를 가운데 두고
한쪽은 사람들이 우글우글한데 한쪽은 한적한 시내를 보았다.

비슷한 공간에 이런 극단적인 차이가 있다는 건 사람들을 우글거리게 하는 힘이 한쪽에만 머물고 있기 때문이다.

거대한 몸통이 사람들을 다리처럼 움직이면서 조정하는 것 같은 느낌.
사람들은 몸통을 바로 들어 올리기 위해 더욱 발버둥을 치듯이 몰려든다.

그리고 몸통이 바로 들어 올려졌을 때, 거리는 거짓말처럼 비워질 것 같다는 상상.

상상일까. 가끔 그러한 몸통을 직감할 때가 있다.
그리고 몰려든다, 바글바글, 바글바글
몸통이 바로 들어 올려질 때까지.

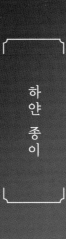

하얀
종이

하얀 종이

하얀 종이를 물끄러미 바라보면 양파 냄새가 난다

폐부를 깊이 파고들다가 확 번지는 하얀 분자는 안개 같아서

하얀 종이를 물끄러미 바라보면 휑한 창가 앞에서 주저앉은
온도를 느낀다

그럴 때면 이상하게 배가 고팠다 텅 빈 공간이 배 속을 침입
한 것이다

헛트림에서 하얀 종이 냄새가 나기도 했다

텅 빈 하얀색이 있고 가득 찬 하얀색이 있다.

내가 주저앉아도 아무도 모를 아득함 속에서는 더욱 최선을
다해야 한다.

가득 찬 하얀색 속에서 최선을 다하는 마음은
일종의 기도다. 그래서 경건해진다.

금식 기도를 한 적이 있다.
어느 순간부터는 먹지 않아도 포만감을 느낀다.

그러한 금식은 금식 자체가 기도가 된다.
그럴 때면 헛트림에서 하얀 종이 냄새가 나기도 한다.

지린내

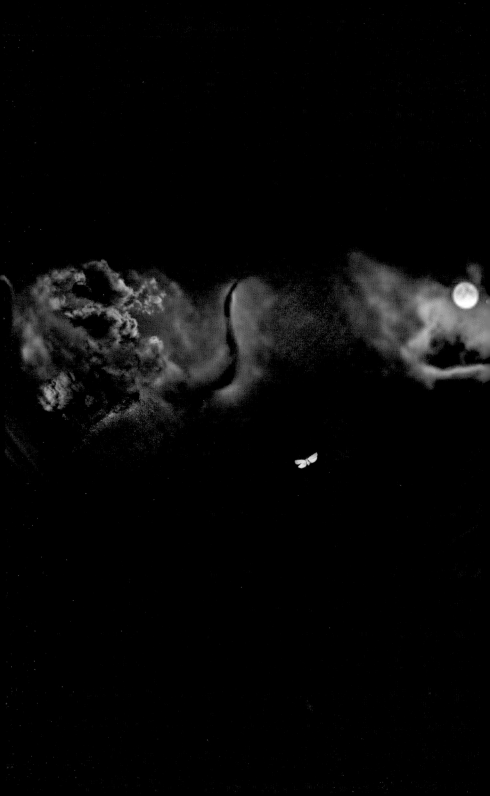

지린내

비가 내린 후 어디선가 지린내가 풍겨 왔다

　냄새나는 쪽으로 다가가 킁킁거려도 도무지 어디서 풍기는 지 근원지를 알 수 없는 지린내는 뿔을 달고 콧속 깊숙이 파고 들었다

　고약하게 단단한 뿔이 나의 끝을 넘어 까마득하게 사라져 버린다

　그러다 불현듯 지린내를 풍기면서 귀신 같은 뿔로 나를 들이받는 것이다

　뿔이 사라진 곳에서 내가 발견될수록 현실이 꿈처럼 등장했다

길을 지나가다가 어디선가 지린내가 났다.

근원지를 알 수 없는 지린내는 콧속을 찌르고 끊임없이 나아

갔다.

간혹 뿔이 있는 냄새가 있다.

뿔이 자라난 냄새는 험한 여행을 타고났을 것이다.

여전히 어딘가 헤매고 있을 뿔 달린 냄새는

나를 통해서 내가 아닌 곳으로 나아간다.

그것은 도달하지 않기 위해 달려 나가는 것처럼 보였다.

이
센
티
미
터
만
큼

이 센티미터만큼

그다음 날 우리는 이 센티미터만큼 붕 떠 있는 능력이 생겼다
언뜻 보면 전혀 떠 있지 않은 것 같은 높이에서
우리는 상공의 자유로움을 만끽했다

"그런데 헛사는 기분이야"
우리는 다시 정착하고 싶었지만 땅을 딛는 방법을 잊어버렸다

이 센티미터만큼 떠오른 상공에서 허우적거리다가
기진맥진해진 채 우리는 적적한 기류를 따라 둥둥 떠다녔다

우리의 발밑으로 미세먼지들이 반짝이는 새 떼처럼 횡단하
고 있었다

가끔 헛사는 기분이 들 때가 있다.

그럴 때면 허공을 짚고 허우적거리는 느낌으로 일을 하고 밥을 먹는다.

이 모든 일상이 허공에서 치는 발버둥일지 모른다는 생각이 들었다.

보이지 않는 허공이 발밑으로 자꾸 침입해 들어온다.

그래도 열심히 헛발질하며 살아가다 보면
나의 삶을 횡단하는 반짝이는 먼지 떼를 발견하기도 한다.

스킨십

스킨십

네가 닿는 곳에서 나는 먹물이 번지듯이 피어났다
네가 없었다면 이러한 생태는 곰팡이에 관한 것이었는지 모르지
푸르고 검게 번지다가 작아지는 나의 운동은
네가 떠나자 스멀스멀 형태를 잃는다

나는 씨앗처럼 고요하게 위장하기도 하다가
다시 너의 손끝이 닿은 곳에서 수천 마리 물고기 떼처럼 해
체된다
이곳에서 벗어나지 못한 채 너를 관망하면서

너는 나의 움직임을 지휘할 수 있지만
이곳에서 나를 꺼낼 수 없다

그 순간 물고기 한 마리 정도 티가 나지 않게 이곳을 탈출하
기도 한다
그러한 미아의 마음만이 내가 나를 바라볼 수 있다

note

　온 신경이 당신을 향해 있는 순간, 나는 일 초에 한 번씩 변하는 생물이 된다.
　푸른곰팡이가 되었다가 죽은 씨앗이 되었다가 끝내 한 번의 스킨십만으로
　수천 마리의 물고기 떼로 해체되는 것이다.

　당신은 물고기 떼를 이끄는 지휘자처럼 나를 연주한다.
　그러다가 물고기 한 마리가 자살하듯이 당신에게 뛰어드는 것이다.

　이상하게 그러한 물고기만이 나로 살아남아서
　당신이 지휘하는 물고기 떼를 관망한다.

　물고기 떼가 해체된 이후 어항마다 다른 멜로디를 품고 있는 것을 알게 되었다.
　가끔 나와 유사한 멜로디로 헤엄치는 물고기를 만나면 서로가 서로에게 전주곡이 되어 주곤 한다.

밤의 고속도로

밤의 고속도로

울음도 속력이 있다
거센 울음을 타고 달리면 울음도 갈기가 있는 것을 알게 된다

나는 갈기를 잡고 울음이 이끄는 대로 달렸다
휘날리는 울음은 물음을 갖고 달리는 것처럼 방향이 없다

전력 질주의 흔들림을 참아 내다 보면
어느 순간 울음은 서서히 멈추어 나를 내려놓고
어디론가 도주하는 것이다

어딘지 모르게 낯설어진 천장을 익히는 동안
멀리 사라져 가는 울음의 속도가 느껴지기도 하였다

큰딸은 속울음을 많이 우는데 작은딸은 포효 같은 울음을 터 뜨린다.

울음의 속도와 생김새는 왠지 주인의 성향과 닮았다.

사실 작은딸의 울음은 나에게 유전 받은 것이다.

나는 나보다 빠른 울음을 견뎌 내느라 숨이 벅찰 때가 많다.

울음을 놓쳐서 왜 왔는지 모르는 거리에 놓인 적도 있다.

울음은 어디를 향해 달려 나간 것이었을까.

도주한 울음의 추억처럼 나는 계속 거리를 헤매기도 하였다.

출렁이는 베개

출렁이는 베개

베개를 베면 새하얀 부력을 받아 올라오는 무게가 있다

이 무게를 누르면 누를수록 베개가 출렁거린다

무게에 의지하면
베개가 흘러가는 대로 흘러가다가 문득 잠을 지나치곤 한다

'그래도 네가 있어 다행이야'

무게를 쓰다듬으면 무게는 더 이상 움직이지 않는다

베개는 죽은 것처럼 베개로 다시 돌아오곤 하였다

note

베개를 베고 눈을 감으면 부드러운 부력을 받고 떠다니는 나무토막이 될 때가 있다.
어디로 흘러가는 것일까.

가끔 베개는 예상하지 못하는 어둠 속으로 흘러든다.
그럴 때면 부력을 받는 나무토막의 무게를 신앙처럼 의지해야 한다.

베개의 흐름에 몸을 맡기면 잠을 지나치기도 한다.
불면증은 일종의 방랑이다.

나무토막의 무게, 나무토막의 무게
그게 나의 정체성이자 본질인 것처럼.

시작(詩作)

시작(詩作)

떨어지는 잎을 잡고 싶어서 나무와 바람 사이에 서 있었다

떨어지는 잎을 잡은 순간 나의 전부가 허상 같았다

어쩌면 나는 꿈을 잡고 있는지 모르지만

떨어지는 잎을 버리고 나서 다시 떨어지는 잎을 잡고 싶은
마음에게

진심이라고 불러 주었다

눈을 감으면 어떠한 잎도 떨어지지 않지만

여전히 잎이 떨어지고 있을 거라는 믿음이 생겼다

어릴 적 떨어지는 잎을 잡으면 행운이 올 거라는 이야기를 들었다.

그 이야기를 상기하면 떨어지는 잎을 잡아야만 할 것 같다.

쉽게 발에 밟히는 낙엽이 아닌
잡기 어려운 잎에게 행운을 붙여 준 까닭은 무엇일까.

의외로 우리가 사는 이유는 '재미'에 있다.
그러한 재미만이 진심이라는 듯이, '재미'는 일을 오래 지속할 수 있도록 한다.

시작(詩作)이 나에게 그렇다.
잡은 시는 허상 같아서 놓아주고 다시 시를 잡고 싶은 마음에게 나는 진심을 배웠다.

손에 남아 있는 것이 없어서 매번 시작일 수 있다.

이 놀이를 즐기기 위해서는
내가 잡은 잎은 내가 잡고 싶은 잎이 아니어야 한다.
매번 빗나간 행운의 풍요로움을 재미있게 견뎌야 한다.

주
전
자
의　농
담

주전자의 농담

구석에 오랫동안 놓여 있는 주전자는 색이 변하지 않아도 어둡다

주전자는 구석을 흉내 내면서 색을 깨달은 것이다

어느 날 주전자가 아예 보이지 않았다

주전자는 색으로 나에게 장난을 치기도 한다

허공을 발로 찰 때도 힘이 들어갔다

주전자가 있을 거라는 의심 때문에

그리고 허공을 찼는데 정말 주전자 소리가 울렸다

주전자는 엎어진 채 밝아져 있다

주전자는 이제 이런 농담까지 해내는 것이다

혼자 자취할 때 구석에 주전자가 놓여 있었다.

그 주전자는 내가 이사를 온 이후 단 한 번도 자리를 바꾼 적이 없었다.

그러던 어느 날, 누워서 구석에 놓인 주전자를 물끄러미 바라보는데

주전자가 구석이 되어 버렸다는 느낌을 받았다.

주전자를 잘 닦아 보아도 빛깔이 변하지 않았다.

주전자에게도 마음이 있다는 듯이.

구석이 되어 버린 주전자는 침대 옆에 놓아도 그곳이 구석임을 주장했다.

자리를 바꾼 주전자에 발이 걸려 넘어진 적이 있다.

뚜껑이 열린 주전자는 까르르 웃는 듯이 보였다.

그리고 정말 어딘가 모르게 주전자는 빛깔이 잠시 환해져 있었다.

찬
란
한　나
무

찬란한 나무

배가 고프면 나무의 뿌리가 뽑히는 기분이 들었다
잎과 가지가 흔들릴수록 배 속이 찬란해졌다
빛은 모종의 위기 같았다

나는 두 눈을 감고 빛이 없는 곳에서 편안해지길 원했지만
두 눈을 감은 곳에서 더욱 명료하게 빛이 드러나기 시작했다

찬란해질수록 나무는 산산이 부서지듯 흔들리며 더욱 찬란
해졌다
꼬르륵, 하는 소리와 함께 나무가 쓰러지기 직전
이미 나무는 사라지고 없었다

여전히 쓰러질 것 같은 나무의 위기가 지워지지 않는 방식으로
나는 찬란함을 위해 태워질 나무를 그리워했다

눈으로 볼 수 있는 빛이 아니라 온몸이 나아가면서 받아 내는 빛이 있다.

그러한 빛은 나를 삼켜 버리기 때문에, 그러한 빛이 등장하기 전의 '기미'를 잘 살펴야 한다.

주린 배 속에서 그러한 빛의 기미가 서서히 드러나기도 했다.

배 속의 나무가 뿌리째 뽑히기 직전

잎들이 반짝이듯 흔들리면서 빛을 자아냈다.

나무가 거세게 흔들릴수록 거대해지는 빛이 나를 삼켜 버릴까 봐 나는 조마조마하였다.

위기감은 시간의 관절이라는 생각이 든다.

두 눈을 떠보니 이미 나무는 사라지고 없었다.

아무 일도 일어나지 않을 때만이 태초의 분위기가 도래하기도 한다.

단
상
ㅡ
에
필
로
그

여름을 향한 이음줄
- 점점 적요하고 점점 소란스럽게

episode 1. 의자의 비행

무더운 여름이었다. 더위는 문을 자꾸 지웠다.
그럼 나는 눈을 감고 문을 짐작한다.

이제 나는 문을 향해 달려가지 않는다.
섣부르게 달려갔다간 문은 도망간다,
수백 개의 다리를 가지고 바퀴벌레 같은 속도로

이러한 미행이 지속되면 될수록 숨이 막힌다.
다가가다 멀어지고 다가가다 멀어지는 호흡이 나와 엇박자
로 흘러가기 때문이다.

그리고 선잠에서 깨었다.
심장이 없는 세계처럼 고요한 오후 가운데.

드디어 문을 영영 잃어버렸구나

내가 잠에 든 사이 문은 나를 통과해서 멀리 사라지고 있었다.

이제 나는 더위를 지나, 멈추어 있어도 어지러운 무위의 이
상한 바람에

쓸려 다녔다, 쓸려 다니고, 멈출 듯이 날았다.

여전히 의자에 앉아서.

새가 날아가는 것이 아니라 내가 새를 두고 날아다녔다.

episode 2. 일 밀리미터의 투명한 심장들

먼지는 숨죽이고 산다, 누군가 가까스로 꾸었던 꿈이 잠시
현존하듯이

그러한 어느 날, 손바닥 위로 안착한 작은 먼지 더미를 보았다.

수많은 먼지들이 동그란 더미가 되도록 서로를 받쳐주고 있었다.

그 속에 일 밀리미터의 투명한 심장이 숨어 있을 것 같았다.

먼지 더미는 미미한 체온을 품고 있었다.

방랑하면서 숨을 쉰다는 듯이

서서히 기운을 잃는 먼지를 나는 호, 하고 날려 보냈다.

원래 없었던 것처럼 무게감 없는 먼지 더미가 사라지자

나는 비로소 누군가의 꿈에서 벗어난 기분이 들었다.

먼지 더미의 무게감만큼 사라지고 남은 현실은

구름이 낮게 낀 회색 오후

이곳이 서서히 착지하고 있는 기분이 들었다.

무색, 무취의 가느다란 결들이 얽히고 얽힌 이곳을
어느 누가 호, 하고 날려 보냈다는 듯이

착지하기 직전 신은 등장한다.
이러한 믿음으로 간절하게, 간절하게 오후가 지나갔다.

**episode 3. 친밀이란 당신의 눈 속에서 하얀 종이비행기를 발견하
는 것**

달리는 차 안에서 풍경은 오색 빛깔의 바람이 된다.
날아다니는 빛, 지나칠 수밖에 없는 빛, 보이지 않는 빛은 바
람의 친근이어서

그 속에 머물면 오르내림을 즐기는 하얀 종이비행기가 잔상처럼 비치기도 한다.

빛이 불어오는 이른 새벽에는 집 안의 모든 사물들이 흔들릴 준비를 한다
기존의 색을 비워 내고 온전한 색으로 남는 마음을 보면서
기다림도 평온할 수 있구나, 생각했다.

눈을 감으면 빛이 어둠 속으로 불어올 때가 있다.
그리고 온전히 어둠이 중심을 잡는 빛의 무풍지대를 맞이하는 것이다.
이곳이야말로 나의 온전한 색인지도 모르지.

어느덧 내가 당신에게 보인다면 나는 빛으로 흔들리는 중이다.

나는 내 안의 빛을 오르내리는 하얀 종이비행기를
당신의 눈 속에서 볼 수 있는 친밀이 좋았다.

episode 4. 복숭아 상자에 숨어 들어온 청개구리의 발각

복숭아 상자를 품에 들고 집에 들어오자마자
펄쩍 뛰어 날아오르는 청개구리 한 마리가

착지. 그는 정지의 포즈로 이곳을 노려본다.

우리는 청개구리를 중심에 두고 빙글빙글 헐레벌떡 춤을 추
었다.
몸이 멈추질 않았고
청개구리는 우리를 계속 가지고 놀았다.

그리고 정신을 차려 보니 청개구리가 사라졌다.

우리는 서로의 발밑을 확인하고

한 번도 살펴보지 않는 구석구석에 시선을 낯설게 두어 보기
도 하면서

청개구리는 우리의 눈을 인도하고 있었다.

우리의 눈은 한 번도 보지 못했던 곳으로 최대한 떠났다.

책장 뒤나 커튼의 주름 사이 그리고 타자의 속옷 속까지 눈
을 옮길 상상을 하면서

청개구리가 있을 것이라는 믿음을 더듬거렸다.

고록, 고록, 우는 소리의 위치를 추측하는 것만으로

벅찬 분위기 속에서 청개구리는 아직 나타나지 않았다.

"청개구리가 투명해졌으면 어떡해?"
"우리가 포기하지 않는다면 눈이 진화하지 않을까."

수백 마리의 투명 개구리들이 온 집 안을 뛰어다닌다는 것을
들켰다는 듯이 일제히 움직이는 모든 소리가 멈추었다.

episode 5. 길모퉁이 가문의 질환

들어가기도 힘들 뿐만 아니라
바라볼 이유조차 없는 음습진 길모퉁이는
흙과 오래된 물 냄새를 풍기며 언제부터인가 이름 모를 풀을
키워 나갔다.

"저 풀은 언제부터 무성해졌어?"

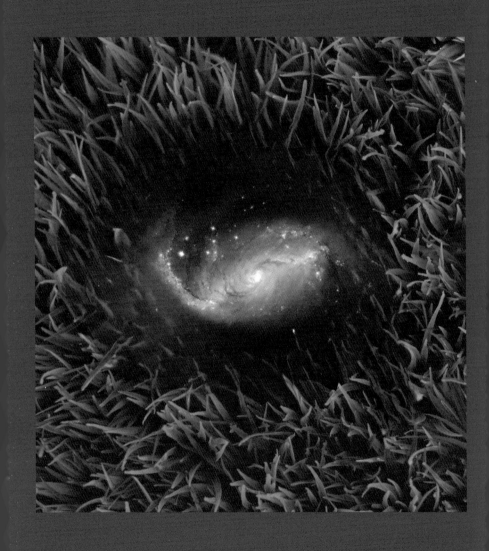

"아무것도 보이지 않는데?"

나는 풀을 증명하기 위해 길모퉁이에 가까이 다가갔다.
그 순간 풀이 무성해진 나머지 몸속으로 스며들어 올 것 같았다.

나는 죽을힘을 다해 그곳으로부터 멀리 달아났다.
여전히 팔뚝에 풀이 묻어 있었다.

풀을 털어 낼 수 없음을 나는 직감적으로 알아차렸다.
손으로 풀을 가리고 귀가했을 때

나에게 가족이 있다는 사실이 생각났다.
풀로 뒤덮인 표정1이 식탁을 닦고 있었고
나는 여전히 손으로 풀을 가리고 표정1 속으로 잠시 들어갔다가
나오는 것으로 엄마를 부르지 않을 수 있었다.

차분히 기억해 보자.
풀은 언제부터 일상이 되었던 것일까.

다만 길모퉁이에 자라난 풀을 증명하려고 했을 뿐인데
팔뚝에 묻은 풀이 어느덧 팔뚝을 없애고 있다.

더는 아무것도 가릴 수 없는 손이 부끄러워서

나는 주먹을 쥐고, 더 세게 쥐는 방법으로 용기를 잃지 않았다.

딱 주먹 크기만큼 길모퉁이는 나를 남겨 놓았다.

늦여름

두 잠자리가 최대한 꼬리를 굽혀
이차원의 알을 이루다가

진저리 치듯 숨 가쁘게 탁 터진다

허공이 알몸으로 기어 나와 바람에게 업힌다

폭발

모종의 반항처럼 푸른 싹이 솟아오른 이후

물을 갈아 줘도 곰팡이가 연기처럼 피어올랐다

생명이 터졌는지 죽음이 터졌는지 알 수 없지만

폭발이 평범한 하루같이 지나갔다

예감

거미줄은 허공이 깨진 흔적이다

거미는 조용하고 정확한 공격력으로
아직 존재하지 않는 대상의 상처를 창작한다

함정

어두운 길목을 걷다가 팔 한쪽에 거미줄이 붙은 느낌이 들었다

계속 털어 내도 살에 붙어 있는 거미줄을 떼어 내느라
나는 먼 나라의 말을 경청하듯 몸을 더듬는다

이제 거리를 걷는 일이
거미줄을 빠져나오기 위한 발버둥 같다

바람이 불자 이곳이 전부 흔들렸다

해몽

말라 버린 날벌레들이 창틀에 가라앉아 있다
그들의 죽음은 호, 하고 불면 날아간다

이러한 가벼움은 현실과 거리가 멀어서
날벌레가 죽으면 꿈속의 곤충이 된다

나는 이 꿈을 자유나 불안으로 해석해 보지만
죽은 날벌레를 잡을 수는 없다

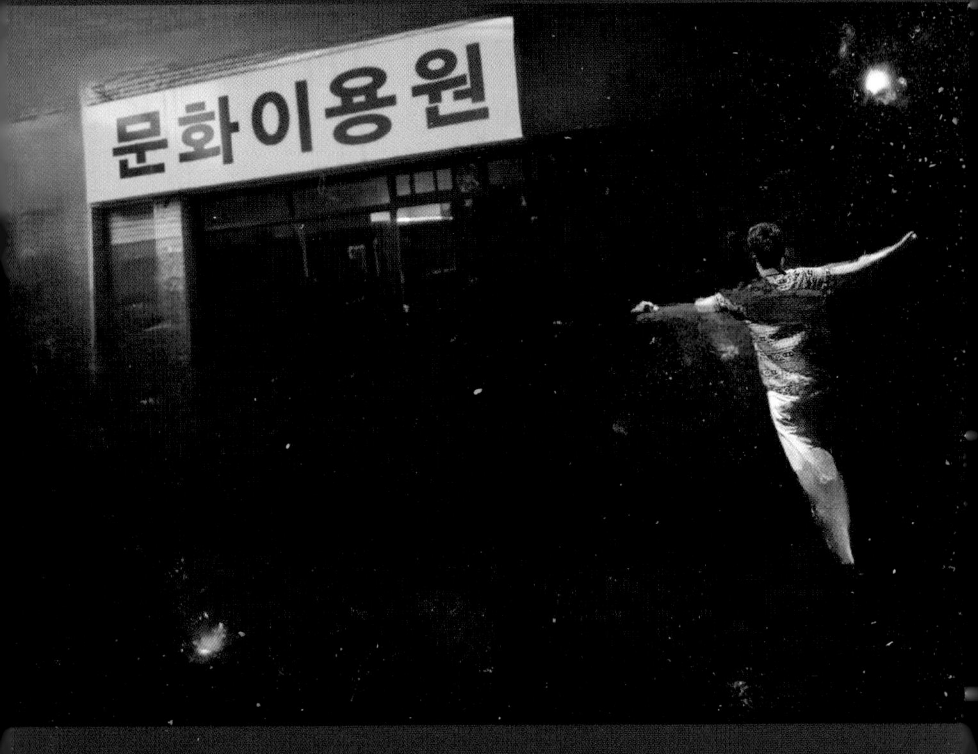
문화이용원

이방인

이용원 간판이 낡아 가고 있었다

이미 이용원은 없었다

부서진 문을 밀고 그 안으로 들어가 보았다

안에 있어도 밖에 서 있는 기분이 들었다

문은 안과 밖을 구분하지 못하므로

이곳에서 나는 단지 서 있는 것에 지나지 않았다

백지증(白紙症)

백지는 흰색으로 들어차 있었고 그것은 텅 비어 있어 보였다

나는 한 번도 백지 전체와 마주한 적이 없지만
백지는 아무도 들을 수 없는 고함처럼
나에게 모종의 확신을 주었다

그래서 무엇을 기억할 수 있는가?

그때마다 나는 백지가 되어 버렸고 여전히 흰색을 모르지만
불가능한 것이 흰색으로 빛나는 백지를 앓곤 한다

미아의 마음만이 나를 바래다 주었다

1판 1쇄	2023년 9월 25일
1판 2쇄	2024년 12월 6일
지은이	박유하
펴낸곳	끝과시작
펴낸이	박은정
편집	박은정
디자인	양희재
출판등록	제2022-000083호
전자우편	typistpress22@gmail.com
ISBN	979-11-981886-4-9(03810)

끝과시작